# O homem que passeia

Jiro Taniguchi

CB031071

DEVIR

## EDITORIAL

**Diretor Editorial** Paulo Roberto Silva Jr.
**Coordenador Editorial** Kleber de Sousa
**Coordenadora Editorial** Cristina Lima
**Editor de Arte** Marcelo Salomão
**Tradutor** Arnaldo Oka
**Revisora** Diana Cravo
**Designer** Ana Lopes
**Capista** Nuno Murjal
**ISBN** 978-85-7532-731-9

**Publicado por Devir Livraria Ltda.**
**Segunda edição/reimpressão.**
**Junho de 2023**

**Dados internacionais de catalogação na Publicação (CIP) (Câmara Brasileira do Livro, SP, Brasil)**

Taniguchi, Jiro, 1947-2017
O homem que passeia /Jiro Taniguchi;
[tradução Arnaldo Oka. -- 2. ed. --
São Paulo: Devir, 2019.
Título original: Aruku Hito
ISBN: 978-85-7532-731-9
1. Histórias em quadrinhos I. Título.
18-23182 CDD-741.5

**Índices para catálogo sistemático:**

1. Histórias em quadrinhos 741.5
Iolanda Rodrigues Biode - Bibliotecária - CRB-8/10014

tsuru

A coleção **Tsuru**, que significa grou, é inspirada na ave *Grus Japonensis*, símbolo de permanência e longevidade. Reúne autores japoneses clássicos e contemporâneos inovadores, reconhecidos pela sua contribuição para a arte dos quadrinhos e também, para a cultura japonesa.


**Devir Livraria, Ltda**
ATENDIMENTO
**Assessoria de Imprensa**
imprensa@devir.com.br
**SAC** sac@devir.com.br

**Brasil**
Rua Basílio da Cunha, 727
Vila Deodoro - CEP 01544-001
São Paulo - SP - Brasil
Telefone (55) 11 2602 7400
Site www.devir.com.br



O Homem que Passeia, no original "Aruku Hito" © Jiro Taniguchi, 1992-2015. A história "Dix ans après" surgiu na BANG nº3 em julho de 2003 pelas Editions Casterman S. A.. Direitos da tradução portuguesa contratados com Jiro Taniguchi, através do Bureau des Copyrights Français, Tokyo. Todos os direitos para a língua portuguesa são reservados à Devir Livraria Ltda.

# O homem que passeia

Jiro Taniguchi

# SUMÁRIO

# PREFÁCIO
# Taniguchi Toussaint
**POR HERMANO VIANNA**

Jiro Taniguchi cria mangás diferentes daqueles publicados na maioria das revistas de história em quadrinhos japonesas (peço desculpas a quem sabe que mangá é estilo japonês de quadrinhos; tenho que me policiar para encontrar maneiras de repetir esse tipo de informação, pois sempre encontro leitores queixosos de não ter familiaridade com assuntos que trato aqui como se fossem de conhecimento geral; meu objetivo é tirar essas informações valiosas de seus guetos nerd-otakus, espalhando-as para outras pessoas que queiram delas se apropriar para renovar suas visões de mundo). O mangá é mais conhecido por sua linguagem veloz, com lutas e monstros, ou romances semi-eróticos para meninas. Se os criadores comerciais estão mais para a Ilíada, ou filme de Peckinpah, Taniguchi se parece mais com haiku de Bashô, ou imagem captada por câmera dirigida por Ozu (cineasta sempre citado como uma de suas principais influências). Frédéric Boilet, cartunista (ou mangaká, criador de mangás) francês, já lançou até um manifesto dando nome a esse outro estilo: "nouvelle manga", ou simplesmente "la" mangá, a versão "feminina" de "le" mangá, como o gênero é mais conhecido em países francófonos, grande mercado editorial para quadrinhos inovadores. No Brasil, Taniguchi tem publicados poucos livros. "Gourmet", lançado em 2009 pela Conrad, é uma obra-prima - o caminho zen em busca da comida perfeita, no restaurante mais improvável. A editora Panini, em sua coleção Planet Manga, publicou "O livro do vento" (história de samurai, entre o "le" e o "la" mangá - mangá andrógino?) e "Seton", sobre o naturalista inglês Ernest Thompson Seton, do qual ainda espero o segundo volume. Em português temos também o belo e radicalmente contemplativo (na verdade um tratado sobre a contemplação) "O homem que caminha", lançado como encarte do jornal lusitano Correio da Manhã, e encontrado apenas com muita sorte em algum sebo. Irmão de "O homem que caminha" é "Le promeneur", publicado na Bélgica pela tradicionalíssima Casterman, que popularizou Tintin pelo mundo. A tradução em português seria "O passeador"? Palavra estranha, passeador. Prefiro "O homem que passeia", e declaro que é minha obra preferida de Taniguchi, até segunda ordem.

Com desenhos de Taniguchi, "O homem que passeia" é formado por oito passeios de um mesmo homem por sua cidade japonesa. O quinto passeio, "Os pepinos amargos no meio da noite", é bem emblemático da maneira taniguchiana de pensar a (ou passear pela) vida.

Começa com uma visita à casa de um amigo, que termina às 3 da madrugada. Nosso querido passeador resolve voltar para casa a pé, caminhada que levará uma hora e quinze minutos. Há algum suspense no ar: pepinos amargos e a travessia de ruas desertas. Mas nada de ruim acontece. Apenas reflexões ambulantes sobre a cidade que dorme e o amigo que acaba de se separar da mulher. Tudo menos dramático que o som do mergulho de uma rã ou o movimento sutil do pousar de uma borboleta em haiku mais que perfeito e tranquilo. Essas qualidades de Taniguchi, mais sua sensibilidade diante daquilo que existe de poesia na banalidade do cotidiano (tanto na natureza quanto na cidade), já produziram uma legião de admiradores para sua obra, como o cineasta belga Sam Garbarski, que levou para as telas - em 2010 - um de seus mangás, *Bairro Distante*.

Há indícios de que os belgas são vítimas alegres e preferenciais do desenho fascinante de Taniguchi. A edição de "O homem que passeia" da Casterman também brinda o leitor com uma entrevista com seu autor e perguntas formuladas pelo escritor (belga, claro) Jean-Philippe Toussaint. A conversa gira em torno de uma possível filosofia do passeio, definida por Taniguchi como atividade sem objetivo e limite de tempo, que desencadeia um "estado de disponibilidade", gerando descobertas por acaso e "um dever de ser uma liberdade". Toussaint fala de uma "doce curiosidade", com pitadas de nostalgia e melancolia, nos desenhos de seu entrevistado mangaká. Talvez esteja falando mais de seus próprios escritos, que nos últimos anos perderam grande parte das características mais irônicas de seus primeiros livros e se tornaram cada vez mais contemplativos e asiáticos. Seu "Autoretrato (no estrangeiro)", de 2000, começa em Tóquio e, depois de visitar Berlim, Quioto, o Vietnam e a Tunísia, retorna a Quioto, para diante de uma estação de trem abandonada, com a chuva molhando o rosto no lugar das lágrimas que não consegue chorar, descobre que a escrita era uma forma de resistir ao "brusco testemunho da passagem do tempo", com sua corrente que leva tudo.

Estranho. Essa nostalgia, ou melancolia, tem cara européia, não japonesa. Os caminhantes de Taniguchi colocam a "interioridade" à flor da pele, em cada passo que diz sim ao mundo, e a tudo de novo que o tempo traz para o mundo. Toussaint, na entrevista para seu editor chinês que foi publicada na edição de bolso de Fugir (seu livro que ganhou o Prêmio Medicis 2005 e teve edição brasileira pela Bertrand), declara: "como escritor, eu não julgo, eu pego aquilo que vem, com a idéia de que o contemporâneo é sempre apaixonante." Por isso a cena central de Fugir é uma ligação celular, mesmo que seu autor não use celular. Há um conflito ali, que não aparece em Taniguchi. A vida tem menos lágrimas para quem aprendeu a passear bem.

Texto publicado no jornal O Globo, Rio de Janeiro, 24 de junho de 2011.

# CAPÍTULO 1
# Observando pássaros

QUE SORTE, NÃO ACHA?
SIM.
FOI SORTE.
VOU DAR UMA VOLTA POR AÍ.
TÁ BOM.
CRESH CRESH
KYUT
NH...
FFFFFH...
FH...
CLICK
QUE DELÍCIA.

...
SPLASH
AH!

OBSER-
VANDO
PÁSSA-
ROS?
AH...
SIM.

OH,
ME DES-
CULPE.
É QUE
AQUI NÃO
COSTUMA
VIR MUITA
GENTE.
NÃO SE
PREOCUPE
COMIGO.
FIQUE À
VONTADE.

QUER DAR UMA ESPIADA?
AH, DÁ PARA VER UM MONTE.
PIU
PIU
QUE PÁSSAROS ENCONTRA AQUI?

NO INVERNO AS FOLHAS CAEM.
É MAIS FÁCIL ACHÁ--LOS.
...

ACHO QUE AINDA TEM UM PARADO NAQUELE GALHO.
ONDE?

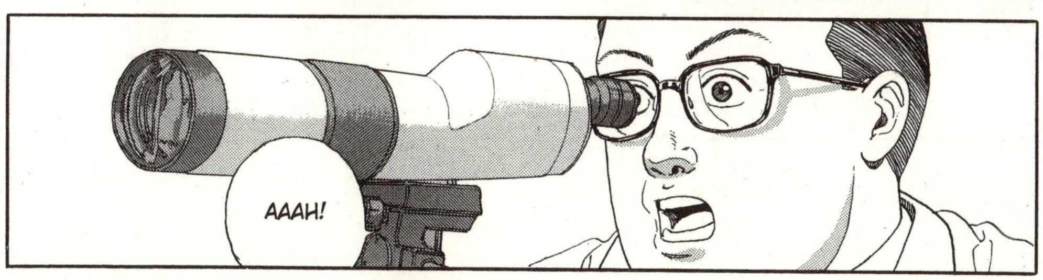
AAAH!

...
QUAL É O NOME DAQUELE ALI?

* Chapim-japonês; ou Parus Minor. No original: Shijukara. ** Estorninho-de-bochecha-branca; ou Sturnus cineraceus. No original, Mukudori. *** Tordo-sombrio; ou Turdus naumanni eunomus. No original, Tsugumi.

CHEGUEI, QUERIDA.
FOI BOM O PASSEIO?
KWN-NN
EI.
DE ONDE VEIO ESSE CACHORRO?
ELE SAIU DE BAIXO DO PISO DA VARANDA.
O ANTIGO LOCADOR O ABANDONOU AQUI.
KWNN
PERGUNTEI PARA OS VIZINHOS.
HUMM...
NÃO TEM JEITO, TEM?
HUMM.
PARECE QUE NÃO TEM JEITO.
QUERIA CRIÁ-LO.
É. ACHO QUE VAMOS TER DE CRIÁ-LO.
KWNN

Na placa: Livraria Yoshida

* Alvéola; ou Motacilla. No original, Sekirei.

# CAPÍTULO 2
# Apreciando a neve

EU QUERIA TANTO DAR UM NOME PARA ELE.

ELE JÁ DEVE TER UM DE ANTES.
KYUT
KYUT
MAS SE VAMOS CRIÁ-LO EM CASA ...

SERÁ QUE ELE NÃO VAI FICAR CON-FUSO?
GLONK
EU ACHO ...
... QUE ELE VAI ENTEN-DER.

CACHOR-ROS SÃO MUITO ESPER-TOS.
SEI QUE VAI ENTEN-DER.

VAMOS PENSAR.
TÁ BOM?
KWNNNN

TIT
TI-TIT
TIT

No sinal: Cuidado com a pista congelada

BIII

NH?
SPLASH

ZUM
ZUM
SPLESH
SPLESH

VRAK
UAU!
QUANTA NEVE!
UUU UH!
TÁ GE-LADO!
EI!
QUE TAL, YUKI*?
HEIN?
O NO-ME.
YUKI SOA ESTRA-NHO?
ARF
YUKI... É?
ARF
ARF
YUKI!
AN!

* Neve.

# CAPÍTULO 3
# Indo para a cidade

東京都杉並区善福寺町 三・二〇七・十四
福島 雄一 様

VOU LEVAR A CORRES-PONDÊNCIA.

TOC
TOC TOC
ESTÁ BEM.

AHN!

KW-NNN
DEPOIS, DEPOIS.

PWAAANH

DEU MIL QUATROCENTOS E VINTE E SEIS IENES.

BLÉM
BLÉM
DUDUM
DUDUNK

Na embalagem: Pião Maluco

VOU LEVAR ISTO.
E ESTE TAMBÉM.
SIM.
CRESH
CRESH

PFFF
PFFF
HI, HI.
TAP
TAP

HÃ?
DEIXE--ME VER ...
ONDE ESTOU ...?
QUER COMER?
QUE-RO.
ESTOU MORTO DE FOME.
QUANDO DEI POR MIM ESTAVA COM-PLETAMENTE PERDIDO.

PFFF
PFFF
AQUI ESTÁ UMA LEMBRANCINHA.
LEGAL!
BEXIGA DE PAPEL!
TAP
FWOF
PEGA!
TAP
YUKI!
UÉ...?

# CAPÍTULO 4
# Subindo na árvore

Na placa: Ando

ZASH

QUEREM AJUDA?
SIM, TIO.

QUE MASSA!
PE-GUEM!
MANERO!
EBA!

ZASH

UMA REGULADA ...
VOCÊ É HABILIDOSO, QUERIDO.
... E ESTÁ PRONTO!

E AÍ?
SUSH
FALTA POUCO.

VAP
BRRRRRMMMM
VAMOS LÁ.

# CAPÍTULO 5
# Molhado na chuva

VRUMMMM

KRIIIK

RSH
RSH

ZASH

Em cima: Kyugome – Medida de trilha montanhosa indicando o ponto equivalente a 90% do caminho até o cume. Principalmente usado nas trilhas do Monte Fuji.

ZUM
ZUM
ZUM

DRUM
DRUM
DRUM

SHUAAAAH
PING
PING

PARECE QUE NÃO CHOVEU NADA POR AQUI.
CHUVA ...?
SE SOUBESSE TERIA IDO TE BUSCAR.
DESCI ANTES DO PONTO DE CASA.
MAGAZINE & BOOKS
ESCALEI O MONTE FUJI.
O QUÊ?

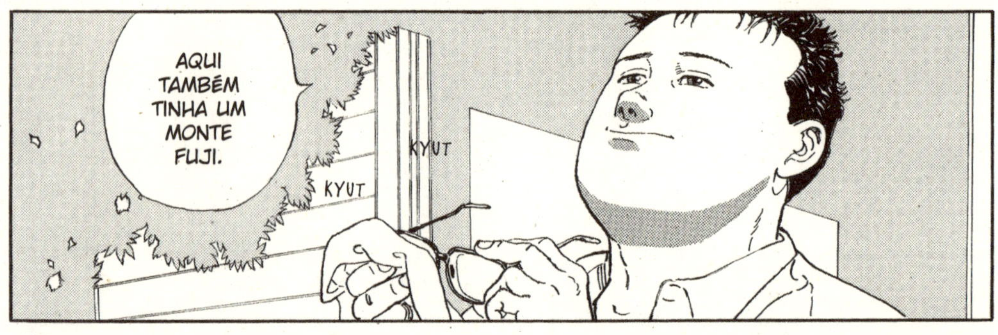
KYUT
KYUT
AQUI TAMBÉM TINHA UM MONTE FUJI.

# CAPÍTULO 6
# Nadando de noite

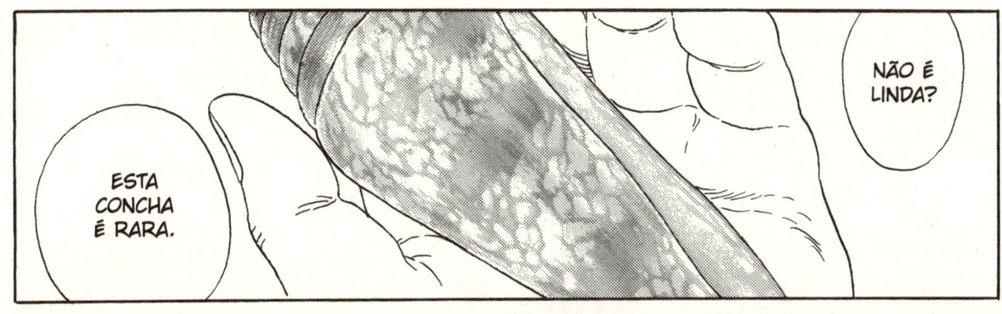
NÃO É LINDA?
ESTA CONCHA É RARA.

ANN!

O YUKI ...
... A DESENTERROU DO QUINTAL.
QUEM TERIA ENTERRADO?
KW NNN
SERÁ QUE AINDA ESTÁ QUENTE DEMAIS PARA SAIR?
PARA ONDE VAI?
PARA A BIBLIOTECA.

Guia ilustrado de conchas do mundo
R.T.Abott / S.P. Dance
MIIIIIINH
MIIIIIINH

* Glória da Índia; ou Conus milneedwardsi Jousseaume. No original, Hademinashi gai.

ZWOOOSHHHH

AAAAH.
FFFFH
UM
DOIS
TRÊS
ZUM
ZASH
UFF

5
4
3
2

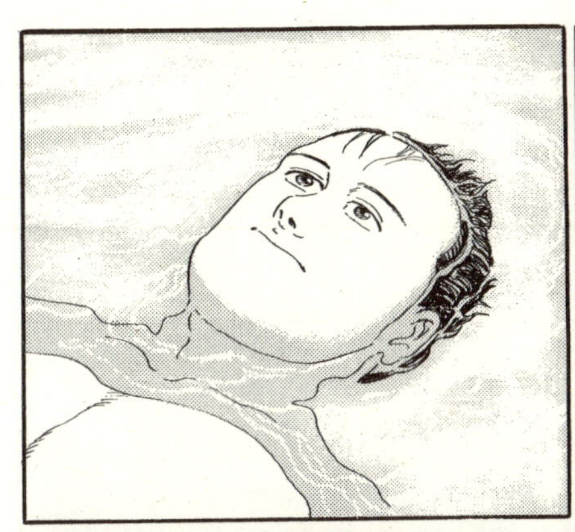

SPLASH
UFA
...

PLETCH

PLET

PLET
PLET

CHE-GUEI.
EI.
O QUE ACONTECEU COM VOCÊ?
FUI NADAR NA PISCINA.
O QUÊ?
E NEM ME CONVIDOU?
VAMOS MARCAR DE IR PARA A PRAIA.
PROMETE?
A CONCHA...
... VAMOS DEVOLVÊ-LA AO MAR.
TÁ.
ANN!
ANN!
HA, HA, HA, HA!
YUKI TAMBÉM QUER IR?
ANN!
ANN!
ANN!

## CAPÍTULO 7

# Depois do tufão

É EMPOLGANTE, NÃO ACHA?
GRAK
GRAK
GRAK
GRAK
VIUUUNNN
CLICK
AH!
VOL-TOU.
POR QUE SERÁ, NÉ?
GRAK
GRAK
NESSAS HORAS VOLTAMOS A SER CRIANÇAS.
É DIVERTI-DO FICAR ACORDA-DO ATÉ TARDE DA NOITE.

VWOOOSH...

VLAP
PTUI!
PTUI!
ZASH
UPFH!

徐行して下さい。
SPLASH
PLESH
SPLASH
PLESH
SPLOSH
SPLASH
SPLASH

RIIIP
RASG
RASG
PFU
UU!

CÓ-CÓ
CÓ
CÓ
CÓ
CÓ
AU!
AU!
VLAPT
CÓÓÓ!
AU!
AU!
CÓ
CÓ
CÓ
AU!
AU!

SPLESH
CREC CREC
PIIIH
DUMP
DUMP
VLAP
NOS-
SA!

TUPIII
TUPIII
TUPIII

TONC
TONC
TONC
O QUE ESTÁ MONTANDO?
ENCONTREI UM NINHO DE PÁSSARO.
TONC
TONC
ASSIM TÁ BOM?

SERÁ QUE VAI VOLTAR?
TENHO CERTEZA QUE SIM.

TUPIII
TUPIII

# CAPÍTULO 8
# Margeando o rio

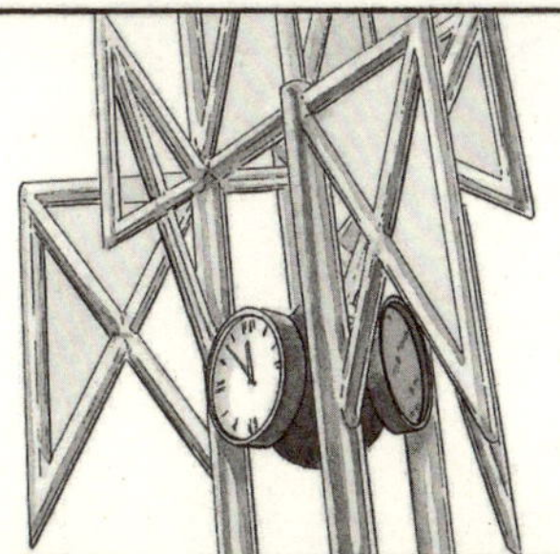
NESSE DIA, SEM
QUALQUER MOTIVO...

...DESCI UMA ESTAÇÃO
ANTES DAQUELA EM
QUE FICA O ESCRITÓRIO.

FOI CULPA DO
TEMPO GOSTOSO.

AS PESSOAS O CHAMARIAM DE UM
GENUÍNO DIA DE PRIMAVERA.

ME SENTI LIVRE SEM TER MOTIVO NENHUM.

SAÍ DA AVENIDA E ENTREI EM UMA VIELA.

FUNC
FUNC

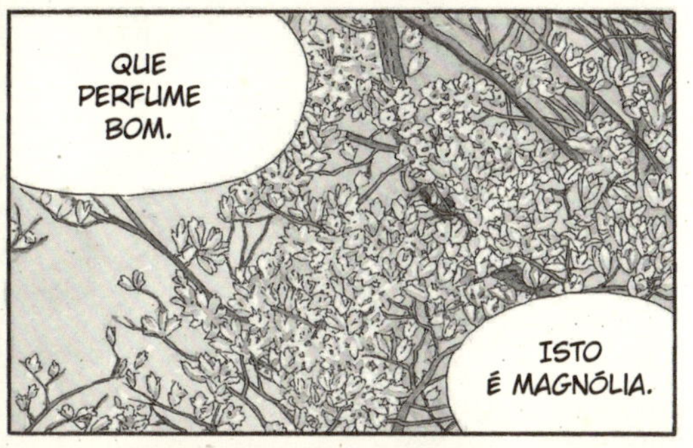
QUE PERFUME BOM.
ISTO É MAGNÓLIA.

TUDO ESTAVA SOSSEGADO... PASSEI POR UM BAIRRO COMUM MAS MUITO CALMO.

SENTI UM CLIMA ENIGMÁTICO PORQUE NÃO CRUZAVA COM NINGUÉM.
ESTRANHAMENTE NÃO SENTI A PRESENÇA DE NINGUÉM.

ESTAVA TÃO SILENCIOSO...
COMO SE O TEMPO TIVESSE PARADO.

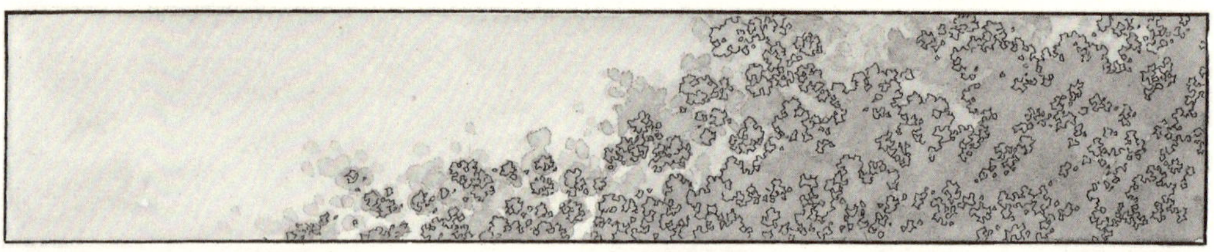

EU PERDI UM POUCO
A NOÇÃO DE DIREÇÃO.

A PAISAGEM SE ABRIU REPENTINAMENTE
QUANDO SAÍ DA VIELA.

ACABEI CHEGANDO
A UM RIO ESPAÇOSO.

E A SUPERFÍCIE TREMELUZIA.

AS PEDRINHAS DO FUNDO
DO RIO PARECIAM TRANSPARENTES.
A ÁGUA ERA MUITO LIMPA.

DE ONDE VEM ESTE RIO?

CREC

RESOLVI ANDAR PELA MARGEM.

TIH!
TIH!

TITIH

A ÁGUA RESIDUAL DOMICILIAR
DEVIA ESTAR DESAGUANDO AQUI,
MAS NÃO SINTO UM MAU CHEIRO.

TIH!
TIH!

QUE PEIXE CONSEGUE PESCAR AQUI?
HUUM...
NÃO SEI.

EU APENAS GOSTO DESTE LUGAR.
NUM DIA DE SOL LINDO COMO HOJE, FINJO QUE ESTOU PESCANDO.

PREFIRO ATÉ NÃO FISGAR NADA.

...

É MELHOR NÃO FISGAR NADA.

ACHO...
QUE JÁ FIZ O BASTANTE.
SINTO QUE POSSO DAR UMA DESCANSADA AGORA.

BEM CALMA...

UAAAAAH!
CALMAMENTE...

"POR QUE SERÁ?"
PENSEI DE REPENTE...

SENTI QUE O AR DA MARGEM DESTE RIACHO ERA DIFERENTE DOS DEMAIS.

AQUI O TEMPO ANDAVA MAIS DEVAGAR.

UM PEQUENO RESPIRO EM MEIO AO SINGELO DIA A DIA.

NÃO HAVIA QUALQUER MOTIVO PARA ME APRESSAR.

ANDEI CALMAMENTE PELA MARGEM.

# CAPÍTULO 9
# Caminho comprido

No sinal: Via exclusiva para passagem de bicicletas e pedestres.

TAP
TAP
ZUP

ZUP

TAP
TAP

PWAWWNNN
GRAGAK
GRAGAK

TAP
TAP
VRUMMM
BIIII
ZWAAASH

ZUP
KYUT
KYUT
ZUP
ZUP

DDUM
TDUM
BLEM
BLEM
DDUM
DDUM
DDUM
DDUM
ZAZASH

DJAK

# CAPÍTULO 10
## Noite estrelada

ARRRF

BLOFT

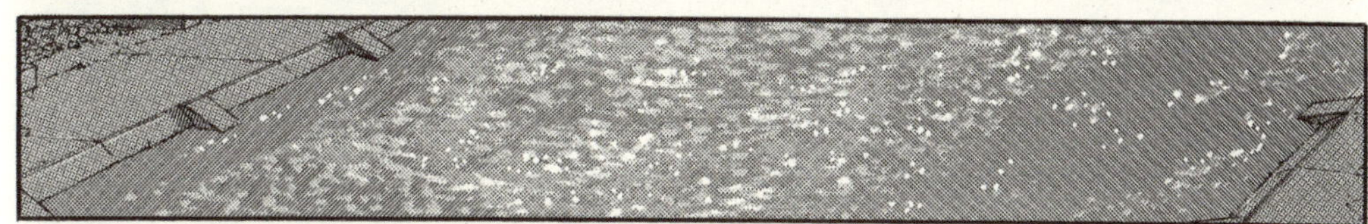

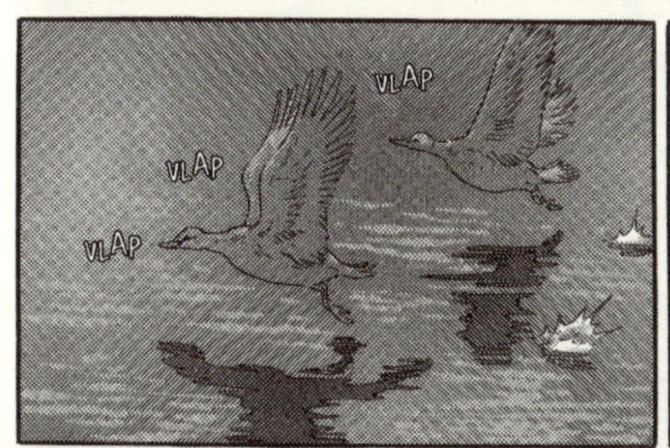
VLAP
VLAP
VLAP

SPLASH

VLAP
VLAP
VLAP

EPA!
AU!
AU!
AU!
AU!
AU!
AU!
XIIII!

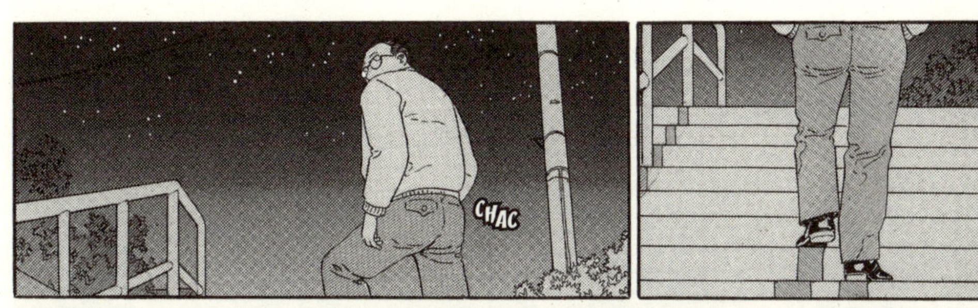
CHAC

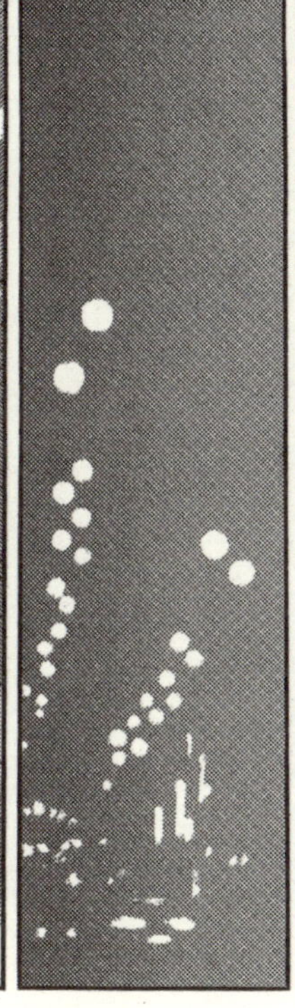

CONFECTIONERY
KOTOBUKI

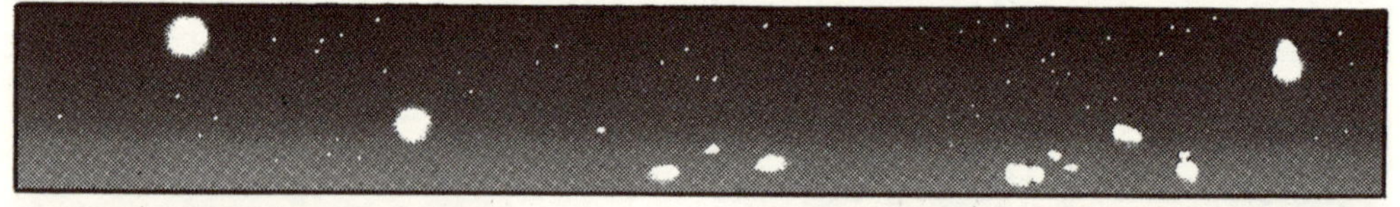

AU
AU

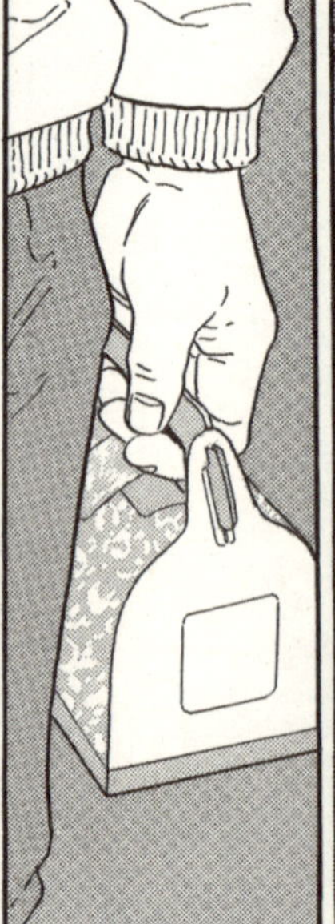

NÃO ESTÁ COM FRIO?
BOM.
SÓ UM POU-QUI-NHO.

ORA, SE NÃO É MEU AMIGÃO, YUKI.
HA, HA, HA!

AU!
AU!

POSSO COMER JÁ?

TO-ME.
UAU!
BOLO DE NATAL!

KWNNN

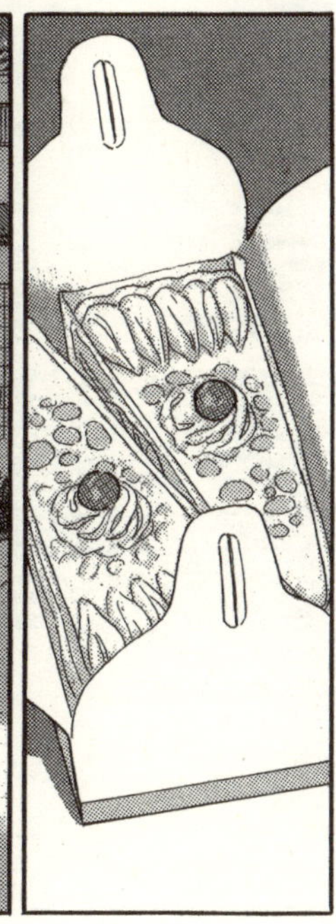

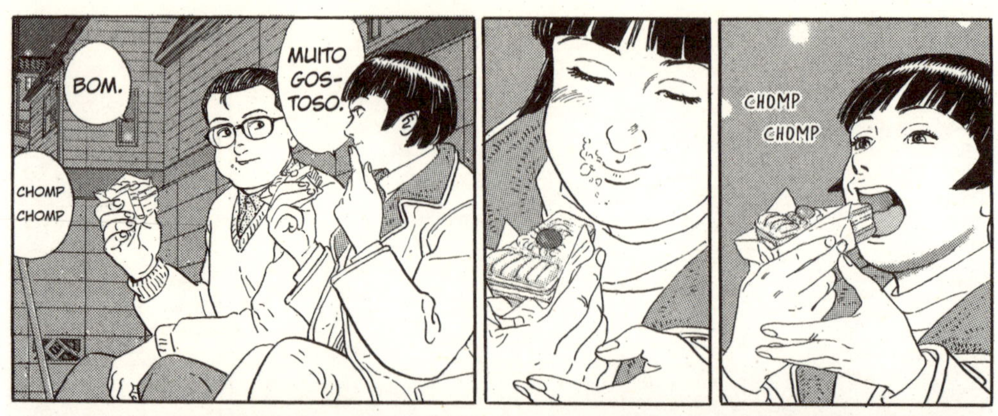
BOM.
MUITO GOS-TOSO.
CHOMP CHOMP
CHOMP CHOMP

TOMA, YUKI.
SÓ UM POU-QUINHO, HEIN?
KWNNN

CHOMP CHOMP

# CAPÍTULO 11

# Atravessando a viela

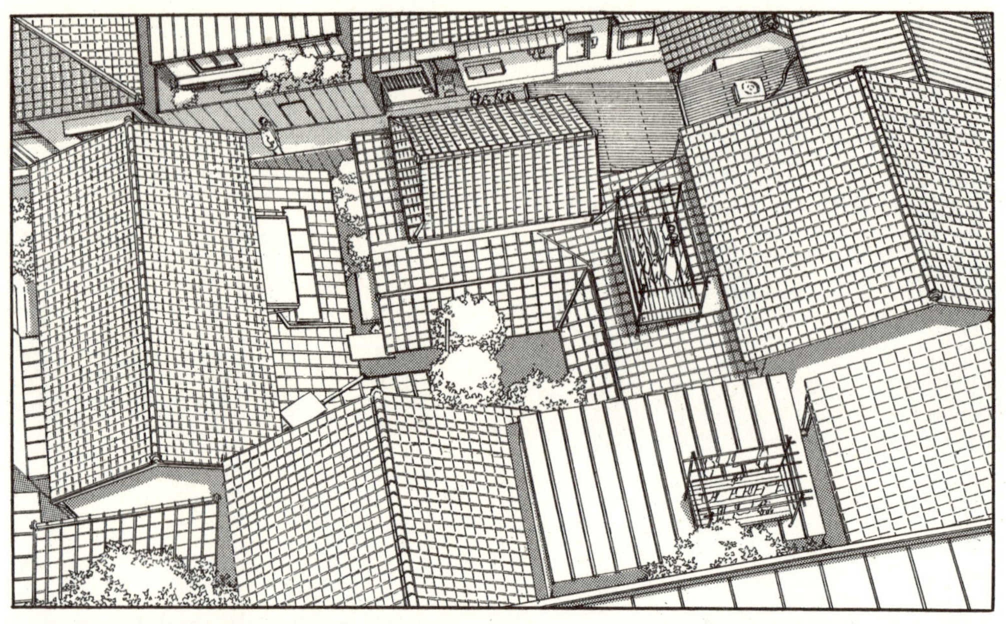

PIIIH
FIIIH
FIIIH
FONNN

FONNN
BOBOH
PIIIIIH

SUZUKI
TAP

WUP
WUP

DZU
DZU
DZZZU

DZZZU

FOOH
PIIIH
BOBOH

## CAPÍTULO 12
# Paisagem embaçada

BONC
CRECK

AH, NÃO!

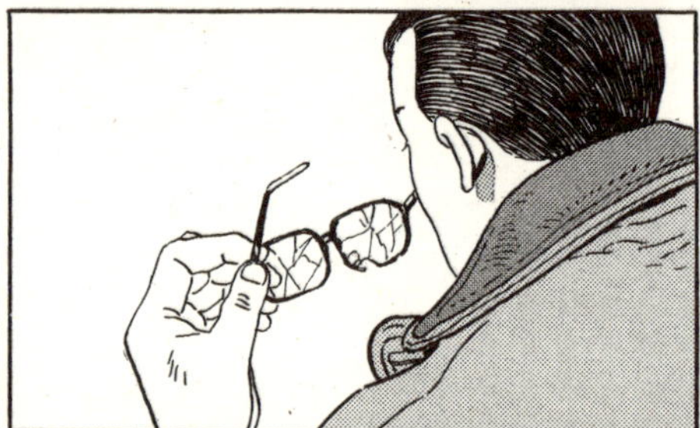

DES-CULPE, MOÇO!
AH...

ESTÁ BEM.
ESTÁ TUDO BEM.

AAA AH!
NÃO!
VOL-TEM!
WAU.
WAU.
WAU.
WAU.
WAU.
WAU.
WAU.
WAU.
WAU.
WAU.
WAU.
ME DES-CULPE.
CAL-MA!
PA-REM!

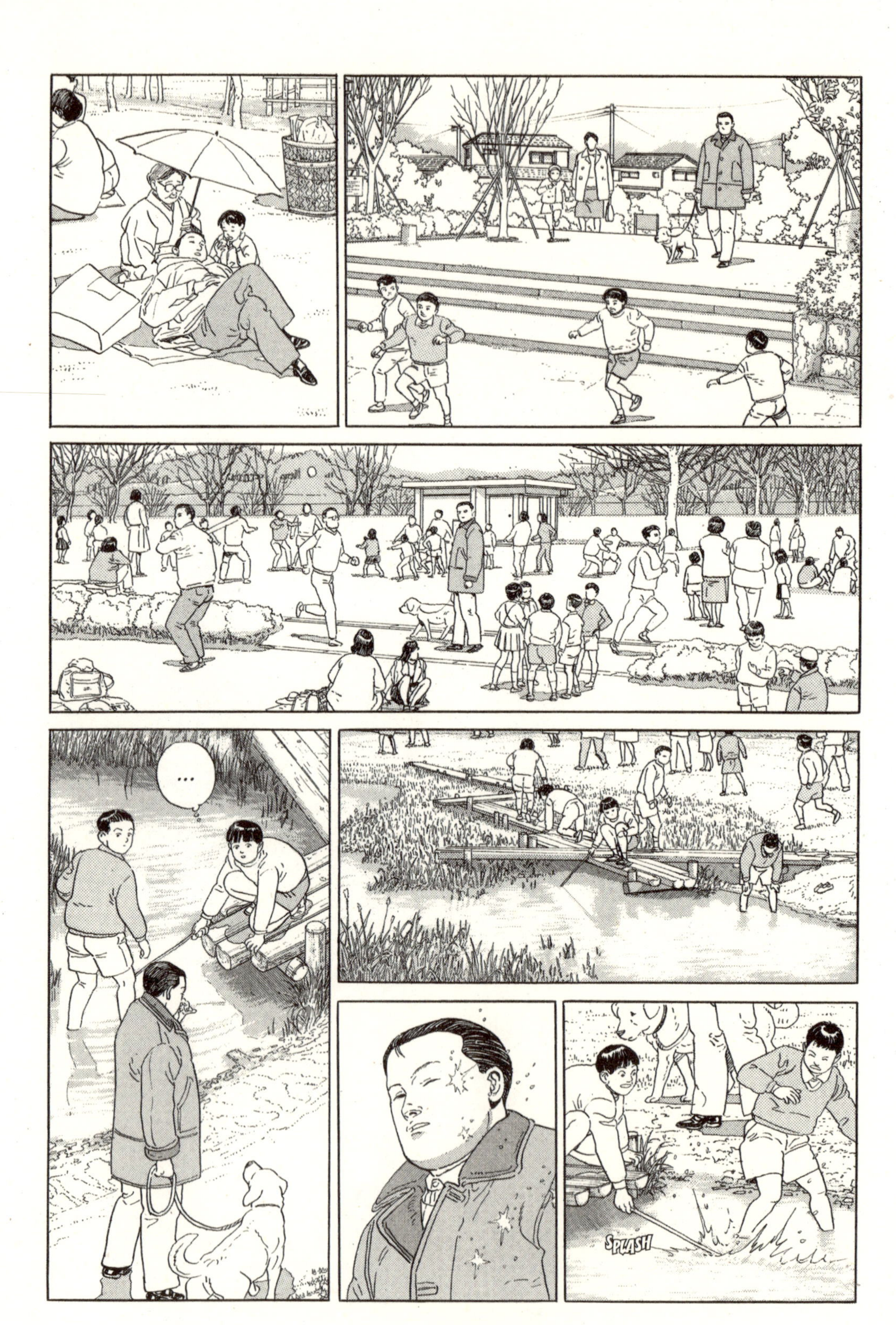
...
SPLASH

WUP
...?!

O QUE ACONTECEU COM ELES?
SEUS ÓCULOS!
EI!
SÓ UM POUCO.
É PERIGOSO.
NÃO USE.
MAS NÃO É LEGAL?
ACHO QUE OS ÓCULOS VELHOS AINDA ESTÃO GUARDADOS.
NÃO. DEIXA PRA LÁ.
POSSO FICAR ASSIM POR UM TEMPO.

# CAPÍTULO 13
# Cama de cerejeira

Na capa do vídeo: A Pequena Ladra (*La Petite Voleuse*)

Na fachada: Videolocadora

Na placa: Ramen

ESSE É MEU LUGAR.
ZSH
O QUÊ?
ME BATEU UMA SAUDADE...
E ACABEI VINDO.

ME MUDEI...
PARA BEM LONGE ANTES QUE FLORESCESSE.
QUERIA VÊ-LA PELO MENOS ESTE ANO.

JÁ DEVE SER BEM VELHINHA.

ESTA ÁRVORE...
... ESTÁ AQUI DESDE MUITO ANTES DE EU NASCER.

AAH.
QUE DELÍCIA.

QUANDO PEQUENA...
... VINHA FICAR AQUI ASSIM...
... ATÉ CAIR NO SONO.

...
ESQUE-
CEU
ONDE?
UÉ?
CADÊ O
VÍDEO?
EPA.
ES-
QUECI.
ACHEI.

# CAPÍTULO 14
# Objeto perdido

ARF
ARF

ARF
ARF
ARF
ARF
ARF
ARF
ARF
ARF
ARF

OLHA.
TÁ FAZENDO XIXI.
TEC
TEC

BYE-
BYE

PLIM
KYUT

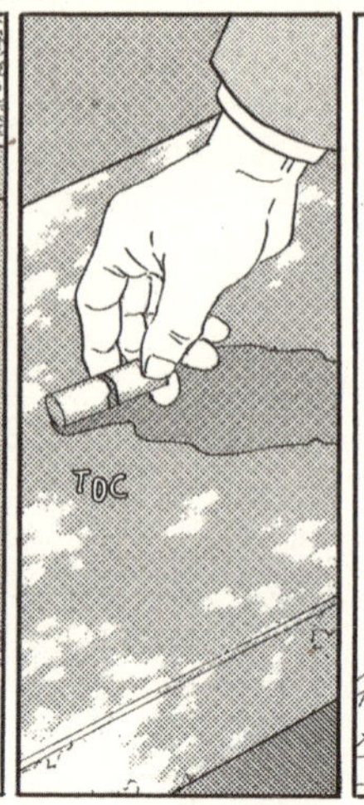
TOC

KYUT

# CAPÍTULO 15
## Nascer do Sol

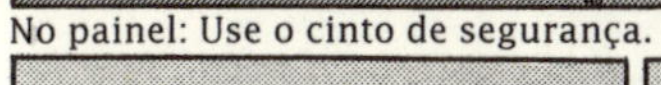
No painel: Use o cinto de segurança.

GLONC

ucc

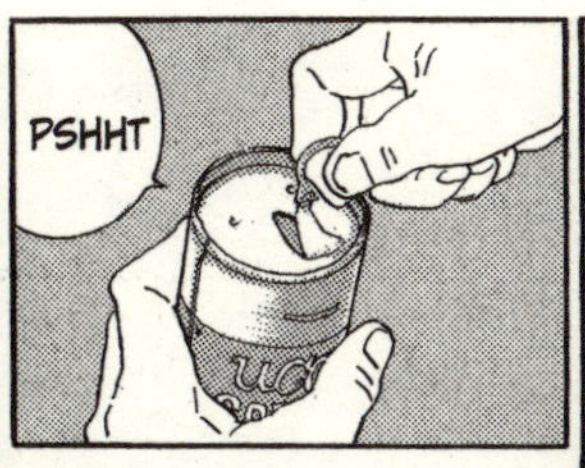
PSHHT

UWO!
WOOOOH!!!
WOOOH!

# CAPÍTULO 16
# Comprando um yoshizu

N. d. T: Yoshizu – tela de junco costurado que ajuda a barrar a incidência direta de raios solares.

¥
ビッグサム

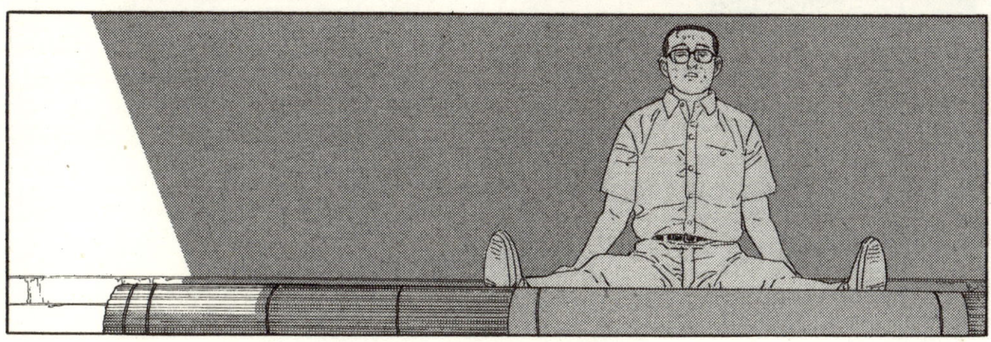

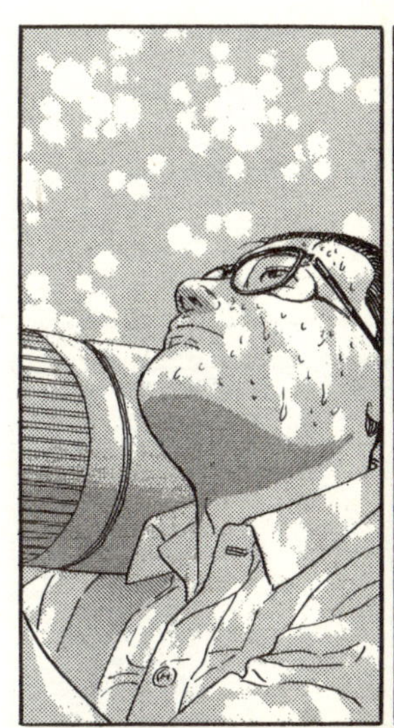

# CAPÍTULO 17
## Que banho gostoso

FRANK LLOYD WRIGHT
AND THE
JOHNSON WAX BUILDING
JONATHAN LIPMAN

Na fachada: Restaurante Kitchen Ichiban

PING
PING
PING
ZWASH

高さ制限2m

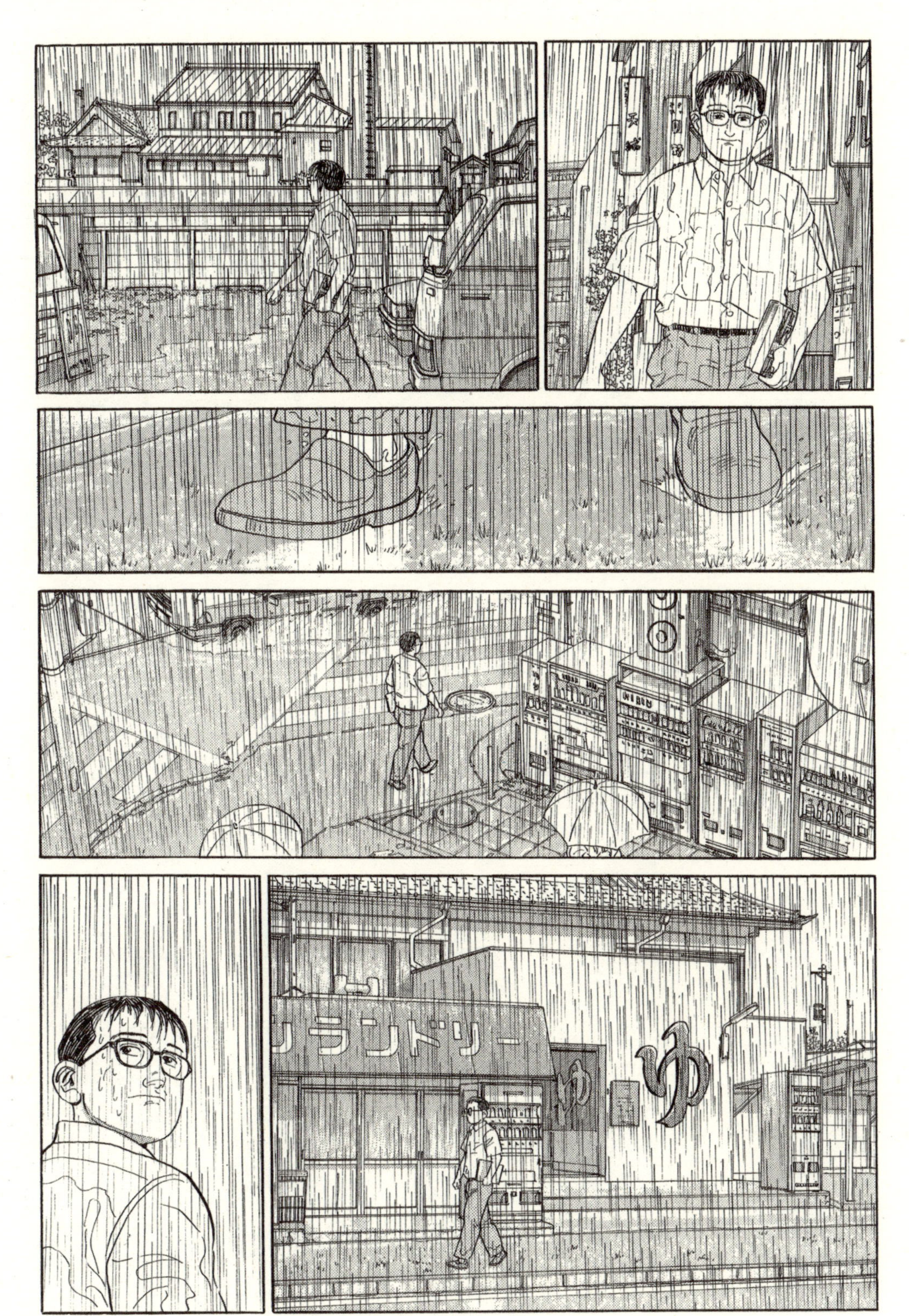


Na placa: Banho/Lavanderia self service

CUT · SET · PARM
キムラ
ツルミ
G.G.G
入浴心得

# CAPÍTULO 18

# Indo ao mar

松栄丸

Nas placas: Trilha Kashiwagizaki / Praia de Ohama 7km

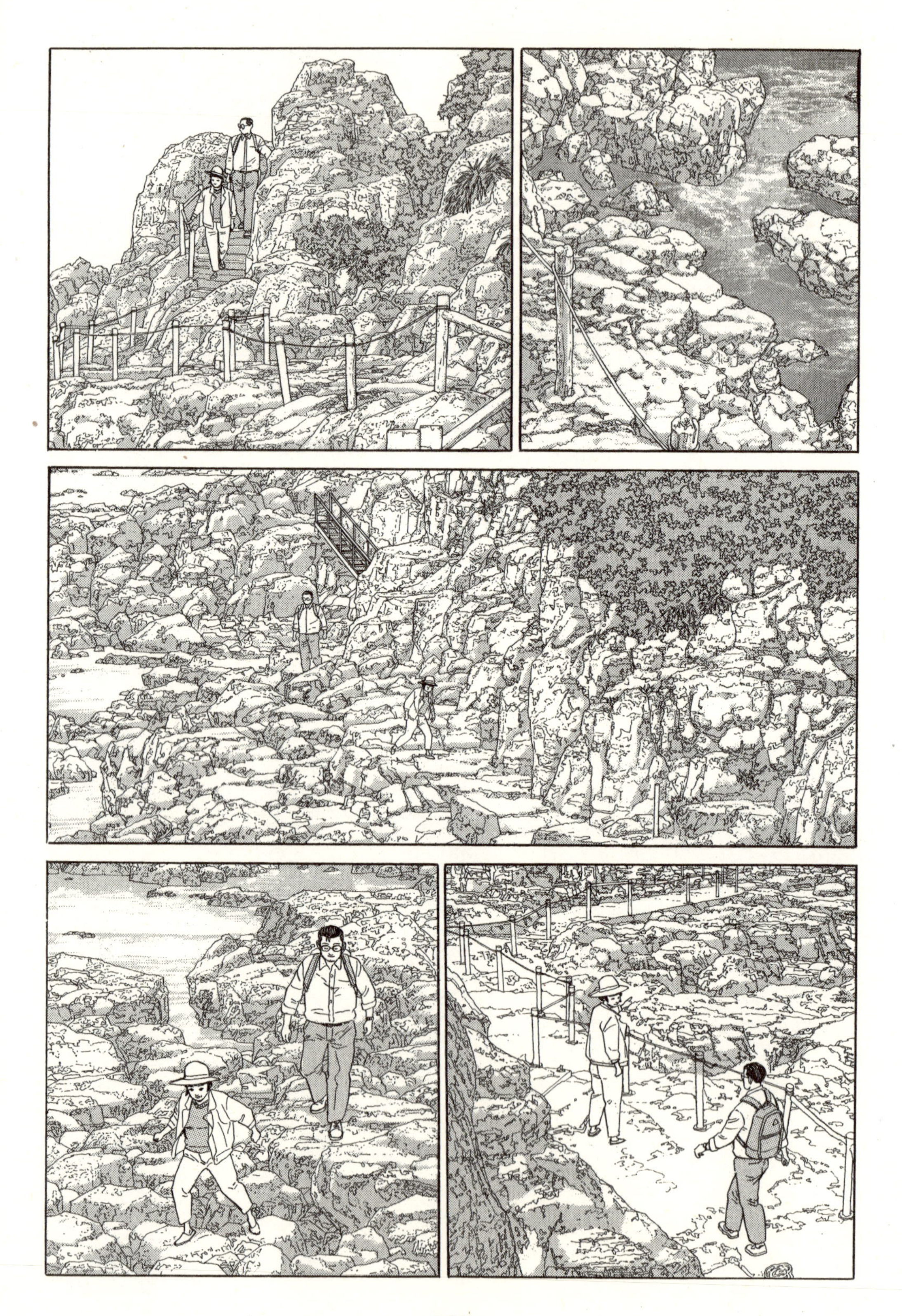

ENTÃO VOU DEVOL-VÊ-LA.
CER-TO.
PLACH
COMO SERÁ QUE ELA FOI PARAR NO NOSSO QUINTAL?

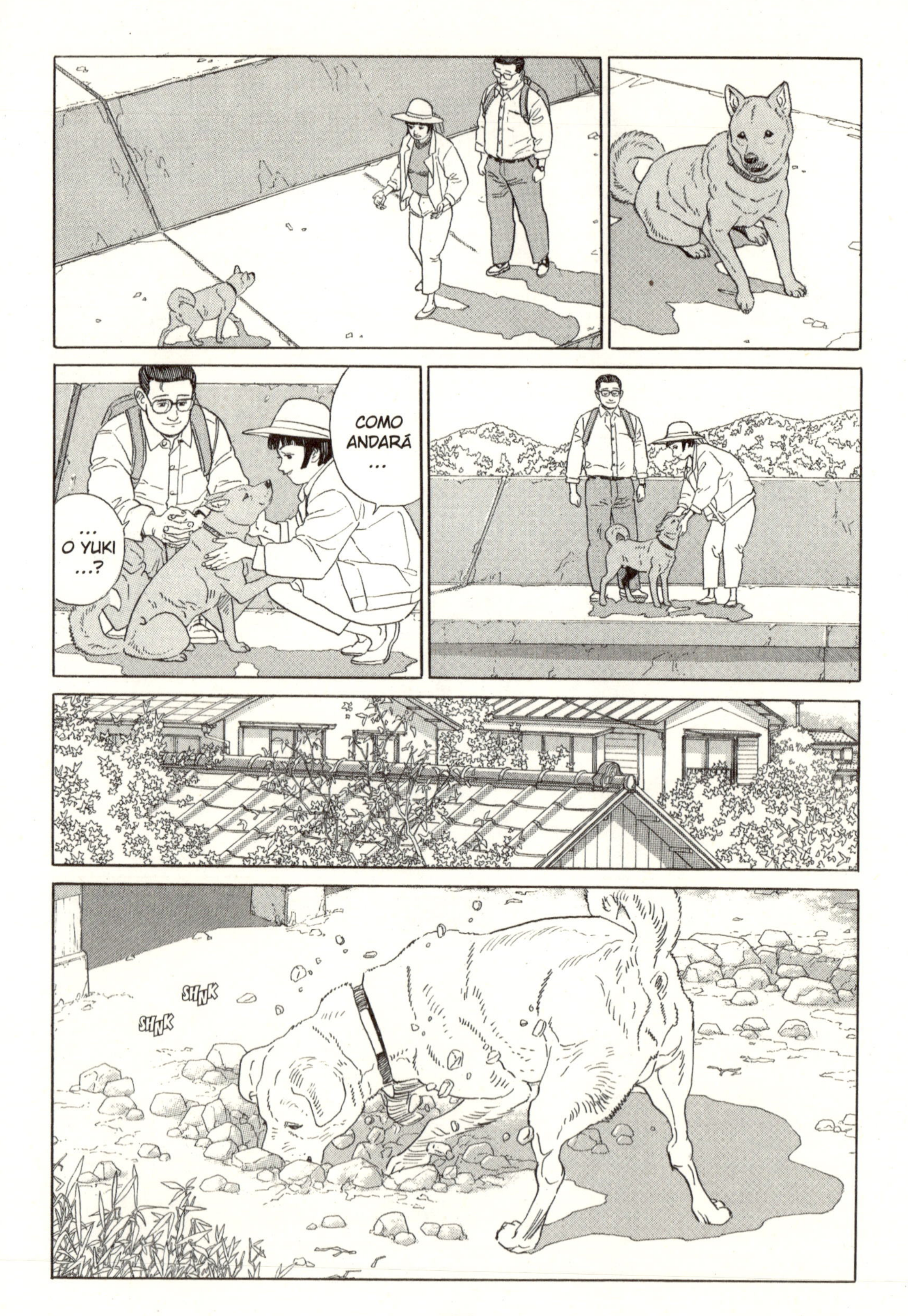
COMO ANDARÁ ...
... O YUKI ...?
SHNK
SHNK

**PARTE II**

# A Continuação do Sonho

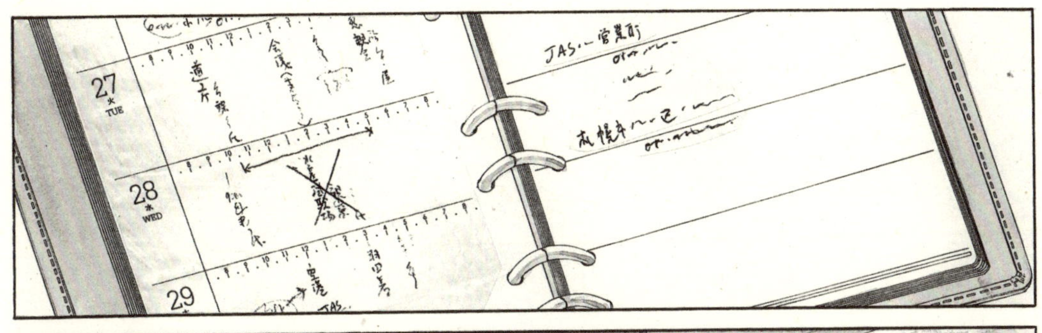

DURANTE MINHA VIAGEM DE TRABALHO, SURGIU UMA JANELA LIVRE DE UM DIA EM MINHA AGENDA.

ERA UMA CIDADE QUE EU HAVIA PASSADO UMA VEZ HÁ MUITO TEMPO.
SEM PENSAR MUITO... FUI ATÉ A CIDADE PORTUÁRIA QUE FICA DE FRENTE AO MAR DE OKHOTSK.

SEGUI PELA ESTRADA NA DIREÇÃO DA PRAIA.

NÃO HAVIA VIVALMA NA PRAIA FORA DE TEMPORADA E A BRISA DO MAR GELAVA MINHA PELE.

AH...
BOA TARDE.

BOA TARDE.

SHUÁÁÁ
ELA ME CONTOU QUE ESTAVA VIAJANDO DESACOMPANHADA PELA PRIMEIRA VEZ NA VIDA.

VIAJAR SEM COMPANHIA É BOM PORQUE NÃO PRECISAMOS NOS SEGURAR...
MAS BASTAM ALGUNS DIAS VIAJANDO SOZINHA...
... E JÁ MORRO DE VONTADE DE CONVERSAR COM OUTRAS PESSOAS.
DESCULPE-ME POR PUXAR CONVERSA ASSIM... DE REPENTE.
... NÃO SE INCOMODE.

TITIH
TITIH

AH!
ALVÉOLA ...
SEMPRE VEJO ESSA AVE À BEIRA MAR.
O JEITO DE VOAR É PECULIAR E SEMPRE A RECONHEÇO.
FIQUEI UM POUCO ADMIRADO COM O CONHECIMENTO QUE ELA TINHA DOS PÁSSAROS.

SE PUDÉSSEMOS VOAR COMO ELES...
... NOSSA VIDA SERIA TÃO MAIS RICA.
PÁSSAROS SÃO... MARAVILHOSOS.
PODEM IR PARA QUALQUER LUGAR APENAS GALGANDO O VENTO.
OLHANDO DAQUI DE BAIXO PARECEM TÃO LIVRES.

NENHUM DE NÓS DOIS QUIS FALAR DA VIDA DO OUTRO, MAS...
... OS GESTOS SERENOS REVELAVAM A BOA EDUCAÇÃO DAQUELA SENHORA MADURA.

COMO TERIA SIDO A VIDA DELA... ATÉ HOJE...?

AH!
VLAFT
...

ELA SUMIU...

SEM DESTINO CERTO, PEGUEI UM ÔNIBUS QUE RUMAVA PARA O NORTE, ACOMPANHANDO A ORLA DO MAR DE OKHOTSK.

UMA PAISAGEM INVARIÁVEL E MONÓTONA PASSAVA PELA JANELA.

NA BEIRA DA RODOVIA SE PROLONGAVA UM TALUDE SEM FIM. VESTÍGIOS DE UMA ESTRADA DE FERRO DESATIVADA HÁ MAIS DE DEZ ANOS...
AJUDAVA A RESSALTAR AINDA MAIS A DESOLAÇÃO DAQUELA PAISAGEM.

O SOL
ESTAVA SE
PONDO...

O ÔNIBUS PAROU
EM FRENTE A UM
HOTEL BRANCO
ERGUIDO NA FRENTE
DE UMA ÁREA
DESMATADA
DA FLORESTA...
ERA O
PONTO FINAL.
EU FUI O ÚNICO
A DESCER
NO LUGAR.

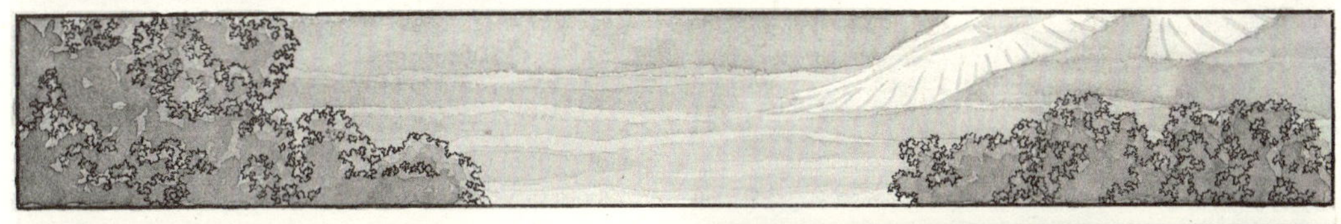

SORVI
GOLES DE
CAFÉ QUENTE
NO TERRAÇO
DO HOTEL.
...
FINALMENTE
SENTI
QUE HAVIA
RECOBRADO
MEU
SOSSEGO.
CLAK...
NO ENTANTO...
O ENCONTRO
COM AQUELA
MULHER AINDA
OSCILAVA
NUM CANTO
DE MINHA
CABEÇA.

FIM

# PARTE III
# Noite de lua

ERA UMA NOITE DE LUA CHEIA.
NA RUA FAMILIAR, O LUAR DESTACAVA AS SOMBRAS DANDO ORIGEM A UMA LUMINESCÊNCIA INTRIGANTE.

UÊ?

NÃO ME LEM-BRAVA...
... DESTA RUAZINHA ESTREITA.

MIAAU.

ANTES DE ME DAR CONTA, JÁ TINHA ADENTRADO AQUELA VIELA ANDANDO ATRÁS DO GATO PRETO.
À MEDIDA QUE AVANÇAVA...
... SENTI MEU ESTADO DE ESPÍRITO FLUTUAR SEM MOTIVO APARENTE.
MIAAU.
AH!
DTUDUM
DTUDUM
GRAKOWN
GRAKOWN

GRAKOWN
GRAKOWN
GRAKOWN
TLIM
TLIM
TLIM
TLIM

AAAH...
O QUE É ISTO...

POR PURO REFLEXO, ERGUI O ROSTO EM DIREÇÃO AO VASTO CÉU QUE SE ACOBERTAVA.

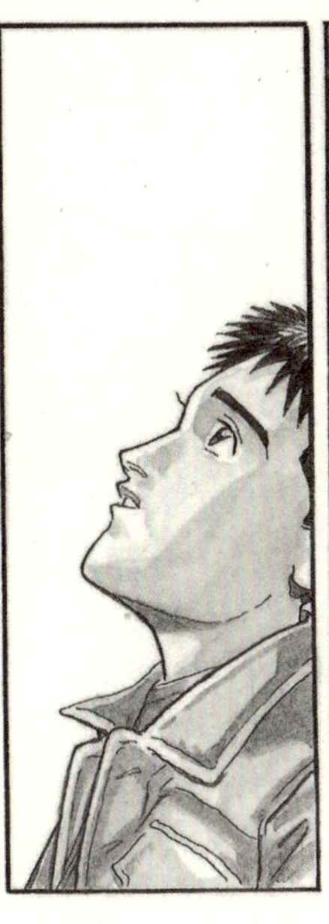

RAPAZ...
... SABE ME DIZER O QUE É AQUILO?
HÃ?

SERIA ENCANTADOR RETRATAR ESTE CÉU.
ACHO QUE VOU PROPOR ISSO AO HARAGUCHI QUE É ILUSTRADOR.

AQUILO TUDO É NEVE EM PÓ.
VENDO DAQUI DE BAIXO PARECE COMPLETAMENTE ESTÁTICO.

MAS, NA VERDADE...
... ESTÁ SE DESLOCANDO A UMA VELOCIDADE MUITO MAIOR DO QUE O VENTO QUE SOPRA AQUI NO CHÃO.

MAS MINHAS REFLEXÕES VAGAVAM FLUTUANTES, DE TÃO CONFUSO QUE ESTAVA.
TENTO COMPREENDER O QUE ESTAVA ACONTECENDO...
O QUE ACONTECEU COMIGO?

TAMBÉM ME INCOMODA.

RESPONDI.
É.

RAPAZ.
O BARULHO DOS BONDES NÃO É INCÔMODO?
...

NÃO CONSIGO TROCAR DE BONDE SEM CONSULTAR O CONDUTOR.
PERDI A LIBERDADE DE ANDAR POR CONTA PRÓPRIA.

O NÚMERO AUMENTOU MUITO NOS ÚLTIMOS 2, 3 ANOS.
A CONVENIÊNCIA MELHOROU, MAS AUMENTARAM AS DIFICULDADES.
...

JOVENS TÊM ENERGIA. ISSO É MUITO BOM.

ALIÁS...
QUANTOS ANOS VOCÊ TEM?
EU...?

23...

ENTÃO É SETE ANOS MAIS NOVO DO QUE EU.
O SER HUMANO PODE FAZER MUITA COISA EM SETE ANOS.

MAS O TEMPO TAMBÉM PASSA MUITO RÁPIDO.
SETE ANOS PASSAM VOANDO.
GRACKON
GRACKON

TENTO REORGANIZAR MINHAS MEMÓRIAS.

PELO VISTO EU SOU UM CONHECIDO DELE.
ANDO CAMBA-LEANTE ACOMPANHANDO ESSE HOMEM.

QUAL SERÁ A REALIDADE...?

TENHO A SENSAÇÃO DE QUE JÁ PASSEI POR ESTA MESMA SITUAÇÃO HÁ MUITO TEMPO.
ESTA PAISAGEM, ESTA CONVERSA...

CORRO ATRÁS DELE.

PRECISO PASSAR ALI PARA COMPRAR UMA COISA.
É?

Na placa: Comércio Tagawa

*Ovelha desgarrada, em inglês.

*Cutlet – bife à milanesa. **Arroz com molho curry.

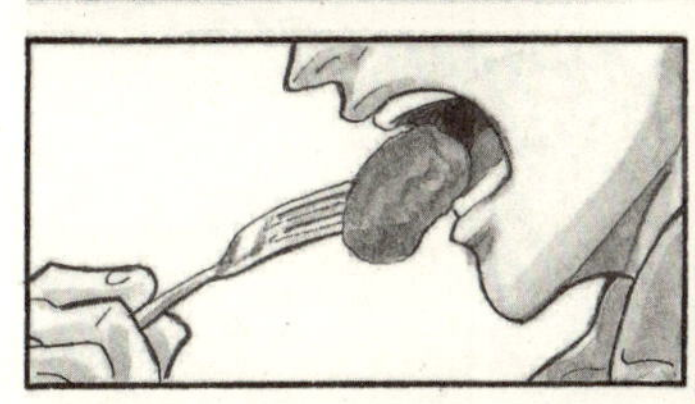

***Macarrão de trigo sarraceno. ****Macarrão ensopado de caldeira.

DEPOIS DA REFEIÇÃO, ME DESPEDI DO HOMEM.
ME SENTI ABENÇOADO E INQUIETO, MAS ACHEI QUE SERIA MUITA INDISCRIÇÃO MINHA CONTINUAR GRUDADO NELE.

AGORA PRECISO VISITAR A MINHA IRMÃ.
COM LICENÇA.
...

ESTÁ SATISFEITO?
ESTOU. MUITO OBRIGADO PELO ALMOÇO.

O SOL JÁ ESTAVA SE PONDO.

ANDEI SEM DESTINO CERTO.

NÃO TINHA IDEIA DE ONDE IR.

QUANDO CHEGUEI AO TOPO DA LADEIRA DE KIKUZAKA...

AH...

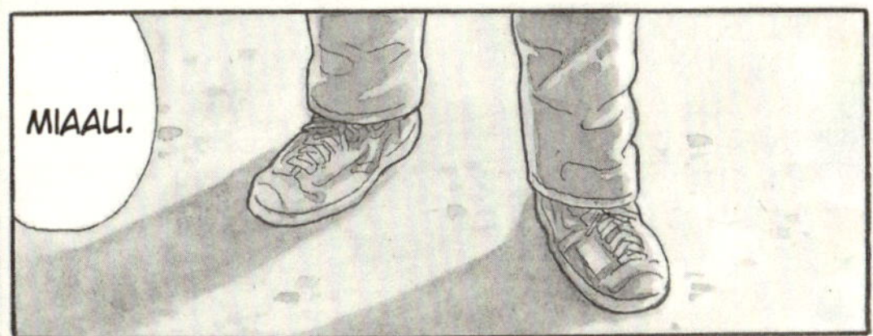
MIAAU.

COM LICEN-ÇA...

POR ACASO ...
... JÁ NOS VIMOS ANTES?

SIM.
UMA VEZ, NO HOSPITAL ...

E OUTRA VEZ...
... NA MARGEM DO LAGO...
...

O QUE ESTÁ OLHANDO?

GOSTARIA DE SE JUNTAR A MIM?

SERIA O GATO?
NÃO.

SERIA AQUELA ÁR-VORE ALTA?
NÃO.

ACHO QUE...
NÃO FAÇO IDEIA.

ESTOU ...
... CONTEM-PLANDO AQUELA NUVEM FAZ ALGUM TEMPO.

AQUE-LE...
... CÉU ESCARLATE.

MIAAAU

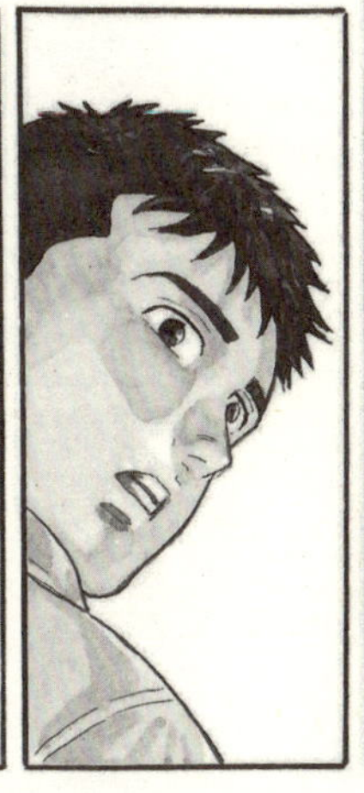

... UÉ?

A MULHER SUMIU DE REPENTE.

O GATO PRETO ME GUIOU PARA DENTRO DA VIELA.
EI.
ESPERE POR MIM, GATINHO.

SINTO MEU ESPÍRITO FLUTUAR LEVEMENTE.

De "Sanshiro" de Soseki Natsume.

# PARTE IV
# Galeria

# PARTE V
# Viagem Ilusória a Tóquio

FUI ATRÁS...

... DO LUGAR QUE ELA SEMPRE MENCIO-NAVA.
TOF
TOF
TOF

O LUGAR QUE ELA DIZIA GOSTAR MAIS.
"A TÓQUIO VISTA DAQUELE LUGAR É MARA-VILHOSA..."
TOF
TOF
ERA A PRIMEIRA VEZ QUE PISAVA AQUI.

TOF
TOF
TOF
A PAISAGEM ME PARECEU GÉLIDA E DESOLADORA.
TALVEZ POR SER UM DIA DA SEMANA...

NÃO QUERO QUE VÁ ATRÁS DE MIM.

ESTOU DIZENDO ADEUS...
... PARA VOCÊ...

O QUÊ?

ESTÁ QUERENDO DIZER QUE NÃO NOS VEREMOS MAIS?
... ISSO MESMO.
ESTÁ FALANDO SÉRIO...?
É SÉRIO.

NÃO ACHA MEIO... PRECIPITADO...?

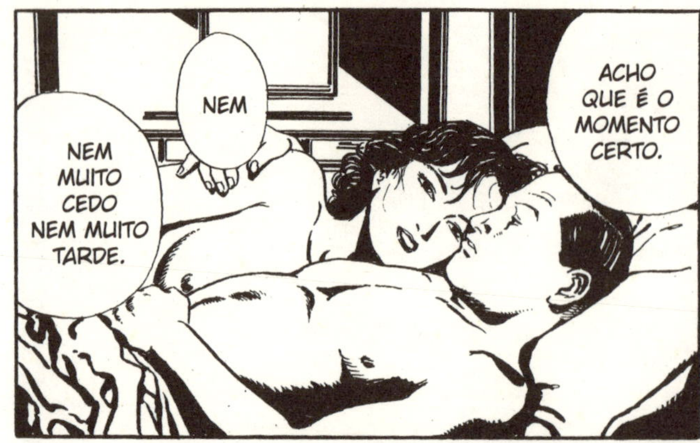
ACHO QUE É O MOMENTO CERTO.
NEM
NEM MUITO CEDO NEM MUITO TARDE.

CHOVIA NAQUELE DIA...

O FIM É ASSIM...
... TÃO REPENTINO E FRIO?

SUAS PALAVRAS ME SOAM TÃO INSENSÍVEIS.
SÓ ESTOU ME FINGINDO DE DESCOLADA.

NÃO É ASSIM QUE DEVE SER A RELAÇÃO ENTRE DOIS ADULTOS MADUROS?

NA VERDADE. QUERIA ME AGARRAR EM VOCÊ E CHORAR QUE NEM LOUCA...

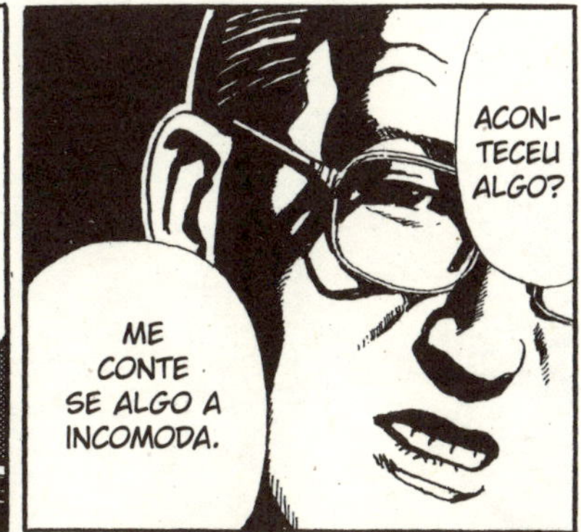
ACON-TECEU ALGO?
ME CONTE SE ALGO A INCOMODA.

NADA ACONTECEU.
ERA... PARA SER ASSIM, DESDE O COMEÇO.

FOI UMA RELAÇÃO... QUE DUROU MENOS DE UM ANO.
MESMO SENTINDO UM DESCON-FORTO... DESPEDI--ME DELA NAQUELA NOITE.

E NOSSA REGRA ERA JAMAIS SONDAR.
UM NÃO CONHECIA A VIDA PES-SOAL DO OUTRO...

A CHUVA QUE NÃO PARAVA DE CAIR, SÓ DEU UMA TRÉGUA TRÊS DIAS DEPOIS.

MAS O CLIMA PESADO PERMA- NECEU.

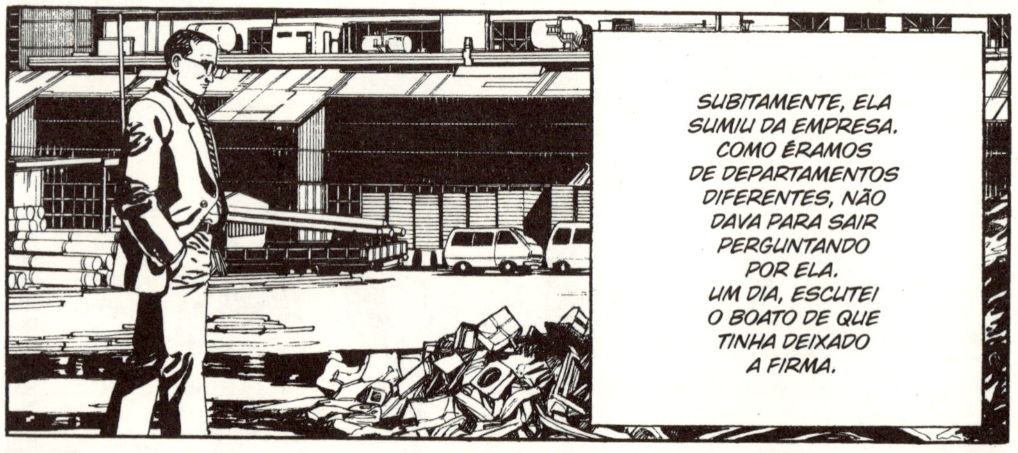
SUBITAMENTE, ELA SUMIU DA EMPRESA. COMO ÉRAMOS DE DEPARTAMENTOS DIFERENTES, NÃO DAVA PARA SAIR PERGUNTANDO POR ELA. UM DIA, ESCUTEI O BOATO DE QUE TINHA DEIXADO A FIRMA.

QUANDO PERCEBI, O CÉU JÁ ERA DE OUTONO.
PASSEI UM MÊS COM ESTA ESPINHA ENTALADA NA GARGANTA.

DO OUTRO LADO, UMA MENSAGEM NEUTRA ANUNCIAVA A INEXISTÊNCIA DA LINHA.
A VONTADE ERA FORTE DEMAIS... QUEBREI NOSSA REGRA E LIGUEI.

FIQUEI INQUIETO.
SRRR

VIUUUSH
ELA SE FOI. SUMIU COMPLETAMENTE DE MINHA VIDA.

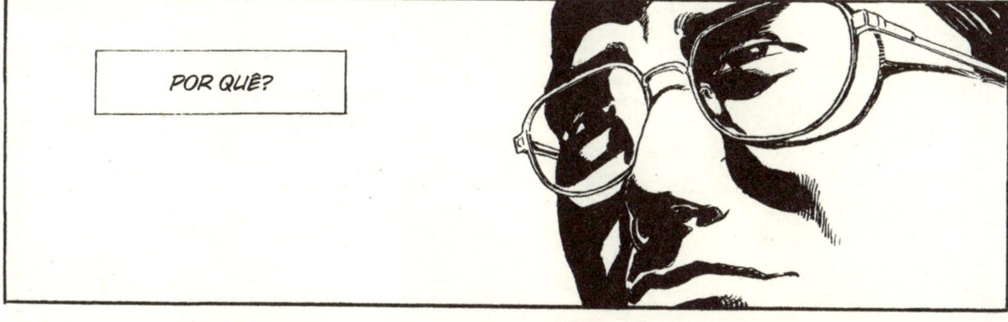
POR QUÊ?

POR QUE ALGUÉM COMO ELA ACEITARIA O CONVITE DE UM CARA COMUM, CASADO E PAI DE FAMÍLIA COMO EU?
ELA ERA MAGNÍFICA.
PENSANDO BEM AGORA... TUDO FOI MUITO INTRIGANTE...

DE VEZ EM QUANDO TENHO VONTADE DE FUGIR.
ESTÁ SE REFERINDO A MIM?
NÃO, BOBO. TENHO MEDO DE ACORDAR TODAS AS MANHÃS.

PREFERE ENTÃO FICAR NO MUNDO DOS SONHOS PARA SEMPRE?
É BEM MAIS CRIANÇA DO QUE APARENTA SER.
TALVEZ SEJA ISSO MESMO QUE DISSE.

NOSSOS ENCONTROS ERAM MARCADOS INVARIAVELMENTE EM UM CAFÉ RESTAURANTE DE ONDE SE PODIA VER A BAÍA DE TÓQUIO.
POR SORTE, A REGIÃO NÃO FICAVA LONGE DO DISTRITO EMPRESARIAL DE HIBIYA ONDE TRABALHÁVAMOS.
Lights

EU AMO OBSERVAR ESTE LADO DA BAÍA LÁ DA MARGEM OPOSTA.
NÃO PARECE SER UMA PIADA?

NÃO VIM AQUI ME ILUDINDO QUE A VERIA... MAS AINDA ESTOU ATRÁS.
TINHA A SENSAÇÃO FORTE DE QUE AQUI ENCONTRARIA ALGO DEIXADO POR ELA.

EU NÃO TENHO NADA. SÓ VOCÊ.
VOCÊ TEM UMA FAMÍLIA.

AS PALAVRAS QUE ELA DISSE NAQUELE DIA CONTINUAM MISTERIO-SAMENTE NÍTIDAS.
... EU TER POUCA BAGA-GEM.
PORTANTO, ACHO QUE É SORTE MINHA...

A NOITE CAIU... E DO ATERRO POUSEI MEUS OLHOS NO OUTRO LADO DA BAÍA.
NESSE INSTANTE ...
ACHEI A VISÃO LINDA.

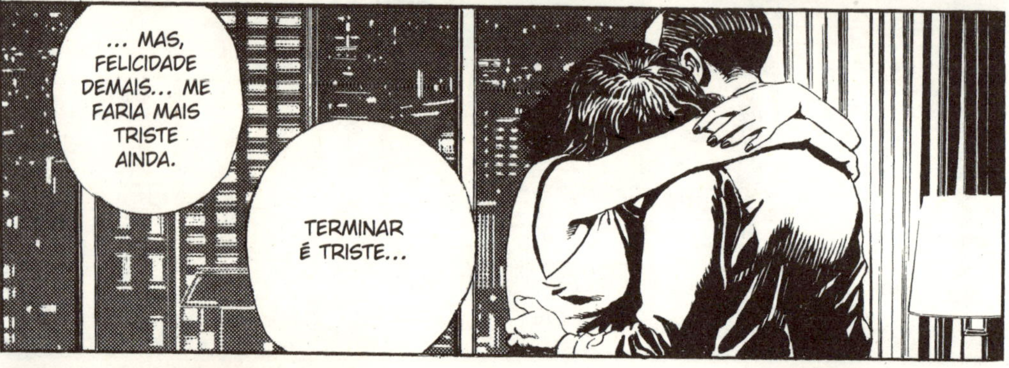
TERMINAR É TRISTE...
... MAS, FELICIDADE DEMAIS... ME FARIA MAIS TRISTE AINDA.

... SUBITA-MENTE...
... LÁGRI-MAS INEXPLI-CÁVEIS TRANS-BORDARAM POR MEU ROSTO...

FIM

# A CAMINHADA COMO LIBERDADE

## Entrevista com Jiro Taniguchi

**Jean-Philippe Toussaint: Existe uma filosofia real da caminhada em sua obra? Um elogio consciente a ela?**

**Jiro Taniguchi:** Não tenho nenhuma filosofia específica da caminhada. O que tenho é a sensação de que, dentre as ações cotidianas dos seres humanos, a caminhada é a mais natural. E é também, creio eu, uma atividade especialmente importante, sobretudo quando não tem nenhum objetivo preciso. Para mim, o passeio deve ser uma liberdade. Nem objetivo nem limites de tempo devem obstruí-la.

Tenho a impressão de que a corrida, por exemplo, ou o deslocamento por um meio de transporte são motivados por uma meta: para fazer algo ou chegar a algum lugar. Quando caminhamos, a velocidade e a passada não nos prendem. Creio que, por sua velocidade, a caminhada corresponde ao deslocamento mais natural do ser humano. Mas a caminhada precisa de um estado de disponibilidade. Além disso, é preciso parar de tempos em tempos.

Quando caminhamos devagar, podemos descobrir coisas fugidias. São, claro, coisas ínfimas, acontecimentos pequenos que nos enriquecem e, se me deixar levar por meu entusiasmo, diria até que às vezes nos deparamos com coisas que nos fazem sentir plenamente o prazer da vida. Podemos experimentar sentimentos novos com a visão das plantas ou das pedras ao longo de um caminho. O passeio possibilita sensações novas, sentimentos novos. Pode até proporcionar os mesmos prazeres de uma pequena viagem.

**JPT: Você se baseia em exemplos precisos?**

**JT:** O modelo do caminhante sou eu mesmo. Mas esses passeios faço em busca de elementos que possam ajudar a construir histórias. Nesse sentido, não são exatamente os passeios naturais que trato como grandiosos.

Eu caminho em busca de paisagens que seriam interessantes desenhar, situações que possam ser tema de histórias.

**JPT: Ao contrário de *Devaneios do caminhante solitário* de Rousseau, em que o caminhante permanece fechado em si mesmo e praticamente hermético para o mundo exterior, a caminhada é para você uma abertura, um modo de apreensão do mundo.**
**JT:** Quase todos os dias, vou da minha casa ao meu ateliê. Primeiro pego o trem e, depois, desço no meio do caminho para terminar o trajeto a pé. É comum não ir diretamente ao meu ateliê e fazer desvios. Esse deve ser o momento mais sossegado do meu dia. Andar por esses intervalos na minha agenda libera a minha mente. São os únicos momentos em que posso esquecer meu trabalho ou minhas preocupações. É muito comum momentos ou acontecimentos que encontro por acaso no meio dessas deambulações se tornarem material para meus mangás. São momentos preciosíssimos para mim.

**JPT: É muito rara uma história em quadrinhos não narrativa, sem história e sem grandes efeitos (sem vilões, complôs, tesouros, lutas, armas de fogo). Aqui, estamos sempre na fronteira entre a história em quadrinhos e a poesia.**
**JT:** Trabalho de duas maneiras diferentes. Em alguns casos, desenho a partir de um cenário. Assim, pode até acontecer de descrever cenas de ação, armas de fogo ou vilões! Em outros, são as histórias originais que desenho. É muito provável que eu não tenha imaginação para inventar verdadeiros vilões porque os editores sempre observam que meus personagens malvados são muito frágeis! Pode até ser, mas também quero que eles saibam que dá para criar mangás sem necessariamente colocar em cena vilões ou lutas com inimigos. Se quero contar histórias a partir de coisas insignificantes da vida cotidiana, é porque dou importância à expressão das oscilações, às incertezas que as pessoas vivenciam no cotidiano, a seus sentimentos profundos em suas relações com os outros. Além disso, o que me interessa também é encontrar uma maneira de representar esses sentimentos da maneira mais natural possível.

**JPT: Essa atenção às pequenas coisas, às belezas minúsculas do cotidiano, muitas vezes cobertas de nostalgia ou melancolia, me parecem características da sua maneira de ver o mundo. Existe algo aí de especificamente asiático?**
**JT:** Acredito que os homens e os animais são essencialmente seres tranquilos para os quais certa reserva, certa moderação, são meios de sobrevivência. Na vida cotidiana, não vemos muitas pessoas gritarem e chorarem rolando no chão. Se meus mangás têm algo de asiático, talvez seja porque, mais do que me interessar pelos meandros de uma história, eu me atenho a representar o mais proximamente possível a realidade cotidiana dos sentimentos dos personagens. Se entrarmos profundamente mesmo nos menores e mais banais acontecimentos do cotidiano, uma história pode surgir neles. É a partir desses momentos ínfimos que crio meus mangás.

←

**JPT: É possível dizer que todo passeio é pretexto para uma nova descoberta. A caminhada se torna um devaneio pelo espaço, sempre com uma admiração tranquila, uma atitude diante da realidade que evoca uma curiosidade doce.**
**Mas a caminhada é também um pretexto para relembrar o passado. Os lugares de Tóquio aonde o personagem não ia há muito tempo lhe parecem transformados ou lhe trazem lembranças da infância e, assim, a caminhada se torna melancólica. A essa curiosidade doce, se une um toque de leve nostalgia. A cidade de Tóquio mudou muito desde a sua adolescência?**
**JT:** É verdade que o ambiente japonês mudou, e não apenas em Tóquio. A região onde nasci também sofreu grandes alterações nos últimos trinta anos; os modos de vida também se transformaram. Essas mudanças se devem principalmente a questões políticas e econômicas que, desde os anos 1960, fizeram o país evoluir em direção a uma sociedade de consumo dentro da qual as coisas materiais são mais valorizadas do que as "coisas boas de antigamente" e acho isso muito triste.
Por outro lado, sem que nos déssemos conta, nos acostumamos a uma vida confortável. As pessoas correm em busca de uma vida fácil e desejam sempre mais riquezas. Mas a riqueza é também uma questão de coração. Por isso, fico sem resposta, hesito e sinto todo tipo de contradição. Enquanto me deparo com as enormes mudanças que nosso

planeta sofreu desde a minha infância, creio que é chegado o momento para cada um de nós refletir. Vemos bem agora como as necessidades crescentes do ser humano foram destruindo o planeta pouco a pouco. Mas como impedir o desaparecimento da natureza e dos animais? O problema é extremamente complexo. Quanto a mim, posso apenas descrever essa realidade nos meus mangás, e me dedico a isso.

**JPT: Você anda bastante no seu cotidiano? Onde?**
JT: Ando principalmente pelos bairros do subúrbio de Tóquio, mas mesmo quando estou bem no meio da loucura do centro da cidade, ando com a mentalidade de que tudo que me cerca pertence a nosso meio ambiente natural, do qual faço parte. Assim, acontece de, nos lugares mais inesperados, encontrar um pouquinho de natureza ou pessoas que me deixam mais sereno. Pode ser um poço abandonado ou uma construção esquecida entre os percursos. Essas descobertas me acalmam.

**JPT: Para mim, caminhar é um modo de trabalho. Adoraria saber se você sente o mesmo. Este é um texto em que, por meio da caminhada, descrevo meu jeito de escrever: "Depois de alguns dias, depois de algumas semanas, caminho pela natureza, parto em longos passeios, bifurco à beira do rio e pego o atalho que sobe rumo a montanha, deixando à minha direita uma velha casa em ruínas, abandonada dentro de um bosque de oliveiras. Faço desvios pelos caminhos de pedras em meio aos mirtos e urzes, aos carvalhos e zimbros, aos maciços de silvas, às amoreiras e aos lentiscos, e, pouco a pouco, um mundo se abre em meu peito, um mundo sem atualidades, sem morte e sem desgraças, um monte ainda não formulado, feito pelas minhas mãos, com pedaços e fragmentos, de intuições e esboços, que vem se firmar na superfície de minha mente no ritmo de meus passos. Caminho e levo comigo esse mundo flutuante de ficções em evolução, de êxtases e doçuras, de magias e fantasmas, que passa a vibrar dentro da minha mente como os primeiros tremores de uma água que vai ferver".**
JT: Entendo perfeitamente o que você descreve. Gosto muito desse poder da imaginação e creio que isso que você escreve pode tocar muitas pessoas. Para viver, precisamos estar em relação com os outros ao mesmo tempo em que precisamos estar em relação com a natureza. E o que busco fazer é mostrar isso tudo, não apenas de maneira abstrata mas também da forma mais clara possível nas histórias que conto.

**JPT: Você acredita que existe uma espécie de destino por trás das escolhas que tomamos na vida? Sempre nos fazemos a pergunta: se tivesse feito isto, e não aquilo, o que teria acontecido? Esse tipo de questionamento é exclusivo dos personagens de seus mangás ou você também tem dúvidas e arrependimentos em relação a suas decisões?**

**JT:** Nunca pensei que minha vida fosse resultado de um destino, mas acredito que o que acontece no mundo em geral não é fruto do acaso. Será isso que chamamos de destino? Talvez. Realmente sinto uma espécie de correnteza na vida. A todo instante, temos um número infinito de decisões a tomar. E, em função dessas diversas escolhas, é provável que a cada uma nossa vida tome uma direção em particular. No entanto, a direção escolhida para este ou aquele momento também me parece fazer parte de uma corrente natural. Naturalmente, é comum me atormentar pensando que em tal momento deveria ter feito isto em vez daquilo, mas sei que não temos como voltar atrás. Por isso, me esforço mais para buscar aquilo que ainda pode ser feito para corrigir a direção e acredito que o fato de refletir sobre o passo pode nos ajudar a viver melhor no presente. Se, em outro mundo, nos fosse dada a chance de tomar outra decisão, a vida sem dúvida seguiria outro rumo. Esse é, aliás, um tema recorrente na literatura clássica.

Para ser franco, diria que sou uma pessoa muito indecisa. Tenho a tendência a me deixar levar pela corrente e evitar situações em que correria o risco de ser confrontado por escolhas difíceis. Para mim, é nos mangás que expresso meus pensamentos mais pessoais.

Quando tiver um tempo livre, procure sair para andar sem rumo. Assim, imediatamente, sem nos darmos conta, o tempo começa a passar mais lentamente. Aqui ou ali, encontramos coisas esquecidas, sentimos prazer em observar a passagem das nuvens e nos sentimos cada vez mais tranquilos. A pessoa que está presente, ali, na caminhada, é o mais próximo do que ela é de verdade.

Questões de Jean-Philippe Toussaint*
Entrevista realizada e traduzida para o francês por Corinne Quentin, em Tóquio em junho de 2008, e traduzida para o português por Guilherme Miranda.
Texto gentilmente cedido por Éditions Casterman.

*Escritor e cineasta belga, Jean-Philippe Toussaint recebeu o Prix Médicis em 2005.

**JIRO TANIUCHI**

# Nota Biográfica

Jiro Taniguchi nasceu em 14 de agosto de 1947 na cidade de Tottori, no Japão. Ele veio de uma família endividada e bastante pobre. O pai era cabeleireiro e a mãe, faxineira. O caçula de três irmãos, tinha uma saúde frágil e, por isso, passou muito tempo da sua infância desenhando e ficou profundamente marcado pelo grande incêndio de Tottori de 1952, que destruiu a casa onde sua família vivia.
Jiro Taniguchi faleceu no dia 11 de fevereiro de 2017, aos 69 anos.

**A OBRA**

Leitor de mangá desde a juventude, em 1969 decidiu tornar-se mangaká (cartunista ou quadrinhista, em japonês) mudando-se para Tóquio, onde se tornou assistente do artista Kyota Ishikawa, com quem trabalhou durante cinco anos.
Publicou seu primeiro trabalho, Kareta Heya, no início da década de 1970; desenhou alguns mangás eróticos e tornou-se assistente de Kazuo Kamimura, um autor famoso no Japão.
Então, decidiu trabalhar por conta própria e associou-se ao roteirista Natsuo Sekigawa, com quem publicou HQs policiais e de aventura e, principalmente, a HQ histórica Botchan no Jidai, a partir de 1987, um panorama da literatura e da política japonesa no período Meiji, em homenagem ao escritor Natsume Soseki.
A descoberta das HQs europeias, ainda no final da década de 1970, em especial da linha clara de autores como Hergé ou Moebius, marcou uma reviravolta na obra de Taniguchi, que se traduziria de forma mais concreta quando, a partir de 1991, optou por trabalhar sozinho, escrevendo e desenhando as suas próprias histórias.
A partir daí, com raras exceções, a obra do autor japonês registra sua experiência pessoal e sua atenta observação de seus pares e do cotidiano, retratado através das coisas corriqueiras que o compõem e o tornam, ao mesmo tempo, universal, conferindo-lhe uma imensa credibilidade.
Profundamente humana nas histórias que narra, nas emoções que expõe e nos retratos emocionantes que esboça, a obra do autor japonês revela sentimentos positivos e, também, um reconhecimento sincero pelas tradições culturais, uma forte ligação à família e o regresso à infância como forma de redescobrir as suas origens e fundamentar o que se é hoje.
Seu trabalho também manifesta uma ligação muito forte e um grande respeito pela natureza e pelos animais. A primeira como fonte de força, de alimento e nosso sustentáculo, e, ao mesmo tempo, desafiadora e carente de ajuda para continuar a ser o habitat do ser humano.
Quanto aos animais, estes são companheiros e amigos, confidentes atentos e parceiros de brincadeira, dando conforto nos momentos difíceis e sendo fonte de inúmeras alegrias.

←

Seu traço tornou-se cada vez mais apurado, com o estilo da linha clara, sem detalhes desnecessários, mas mesmo assim muito expressivo, polivalente e polifacetado na representação do ser humano e na traição de suas emoções, quer seja no desenho naturalista com que mostra montanhas, praias e bosques, na naturalidade dos movimentos e posições de gente e animais ou na maneira sóbria e concisa na reprodução dos cenários urbanos.

**BIBLIOGRAFIA SELECIONADA**

- "Kareta heya" (1970)
- "Lindo!3" (1978), argumento de Natsuo Sekikawa
- "Botchan no jidai" (1987-1996), argumento de Natsuo Sekikawa
- "Aruku hito" (1990); *O homem que passeia*, Devir (2017)
- "Hitobito Shirizu: Keyaki no ki" (1993), argumento de Ryuichiro Utsumi
- "Kodoku no gurume" (1994), argumento de Masayuki Kusumi
- "Icare" (1997), argumento de Mœbius
- "Haruka-na machi" (1998)
- "Kamigami no Itadaki" (2000), argumento de Baku Yumemakura
- "Ten no taka" (2001)
- "Hareyuku sora" (2004)
- "Maho no yama" (2005)
- "Mon année" (2009), argumento de Jean-David Morvan
- "Les Gardiens du Louvre" (2014)
- "Kodoku no gurume" (2014); *Gourmet*, Conrad (2010)

**PRINCIPAIS PREMIAÇÕES**

**1992:** Prêmio Shogakukan de Mangá, na categoria prêmio especial do júri por Inu o kau.

**1993:** Prêmio da Associação dos Mangakás do Japão, na categoria Prêmio de Excelência por Botchan no jidai.

**1998:** Prêmio Cultural Osamu Tezuka, na categoria Grande Prêmio por Botchan no jidai.

**2003:** Alph-Art de Melhor Roteiro no Festival Internacional de BD de Angoulême por Quartier Lointain.

**2005:** Alph-Art de Melhor Desenho no Festival Internacional de BD de Angoulême por Sommet des Dieux.

**2011:** Agraciado como Chevalier de L'Ordre des Arts et des Lettre, pelo governo francês.

## DA MESMA COLEÇÃO

tsuru

### NONNONBA
**Shigeru Mizuki**

Um rapaz vindo de uma família modesta conhece uma senhora idosa que o inicia no mundo misterioso dos youkais, entidades sobrenaturais do folclore japonês. Brigas de garotos, dramas na escola, policiais, bandidos e muitos monstros...

De forma leve e divertida, o grande mestre do mangá, Shigeru Mizuki, nos transporta pelo universo da sua infância.

### TEKKON KINKREET
**Taiyo Matsumoto**

O seu primeiro sucesso, que acompanha as andanças de dois órfãos, um já maduro e outro mais ingênuo, em uma cidade imaginária onde ambos precisam enfrentar tanto a polícia quanto um grupo de yakuzas.

### UZUMAKI
**Junji Ito**

Circunstâncias grotescas despertam em Kurôzu, a pequena localidade onde Kirie Goshima nasceu e cresceu.

Este clássico mangá de terror que profetizou o clima claustrofóbico e a desigualdade da atual sociedade japonesa, é uma das principais obras do mestre do terror, Junji Ito.

### MARCHA PARA A MORTE!
**Shigeru Mizuki**

No final da Segunda Grande Guerra, é ordenado aos soldados de uma companhia da infantaria japonesa que morram em nome do seu país ou serão executados ao regressar da batalha.

A narrativa poderosa e pungente traduz de forma sensível as circunstâncias difíceis e caóticas, em uma declaração de Mizuki contra a futilidade da guerra e a estupidez da mentalidade militar.